Prelúdio

Prelúdio

VINÍCIUS FRANÇA

Copyright © 2021 by Editora Letramento
Copyright © 2021 by Vinícius França

Diretor Editorial | Gustavo Abreu
Diretor Administrativo | Júnior Gaudereto
Diretor Financeiro | Cláudio Macedo
Logística | Vinícius Santiago
Comunicação e Marketing | Giulia Staar
Assistente Editorial | Matteos Moreno e Sarah Júlia Guerra
Designer Editorial | Gustavo Zeferino e Luís Otávio Ferreira
Foto da Capa | João Paulo Lacerda Paes de Barros
Montagem da Capa | Inari Jardani Fraton
Revisão | Ana Duarte
Diagramação | Isabela Brandão

Todos os direitos reservados.
Não é permitida a reprodução desta obra sem
aprovação do Grupo Editorial Letramento.

Dados Internacionais de Catalogação na Publicação (CIP) de acordo com ISBD

F814p	França, Vinícius
	Prelúdio / Vinícius França. - Belo Horizonte : Letramento ; Temporada, 2021.
	70 p. ; 14cm x 21cm.
	ISBN: 978-65-5932-075-2
	1. Literatura brasileira. 2. Poesia. 3. Felicidade. 4. Epifania. 5. Sensibilidade. 6. Revelação. 7. Sentido. 8. Deus. 9. Reflexão. 10. Vida. 11. Emoção. I. Título.
2021-2316	CDD 869.1
	CDU 821.134.3(81)-1

Elaborado por Vagner Rodolfo da Silva - CRB-8/9410

Índice para catálogo sistemático:
1. Literatura brasileira : Poesia 869.1
2. Literatura brasileira : Poesia 821.134.3(81)-1

Belo Horizonte - MG
Rua Magnólia, 1086
Bairro Caiçara
CEP 30770-020
Fone 31 3327-5771
contato@editoraletramento.com.br
editoraletramento.com.br
casadodireito.com

Temporada é o selo de novos autores do
Grupo Editorial Letramento

Aos meus pais, Raquel e Eulálio.

A uns Deus os quer doentes,
a outros quer escrevendo.

Adélia Prado

PRELÚDIO
11

NAS ENTRANHAS DA FOME
12

A PRESENÇA DA NOITE
14

VEREDITO
16

MELODIA E DANÇA PARA UM DOMINGO DE PANDEMIA
17

DETRÁS DAS TRINCHEIRAS
19

O NASCER DO DIA
22

TERÇA-FEIRA DE CARNAVAL
24

O ETERNO COTIDIANO
25

SANGRIA
26

REPULSA
27

RETRATOS DE RESISTÊNCIA
28

RESPLANDECER
31

DIAPASÃO
32

REGRAS
33

TÁTIL
34

A SENTINELA
35

ENTREVER
37

DECLARAÇÃO DE CULPA
38

DOÇURAS
40

REPOUSO
41

ANUNCIAÇÃO
42

AOS OUVIDOS DESATENTOS
43

ESPORO
44

GENEALOGIA POÉTICA
45

OS MORTOS
48

INTERTEXTO
49

LAIVOS
50

LEGADO
51

MORRARIA
52

O RETORNO
53

OBITUÁRIO DO RINOCERONTE
55

OFÍCIO
56

ORAÇÃO GADAMERIANA
57

ORFANDADE
58

PASSAGEM
59

REBENTO
61

NOITE DE DOMINGO
62

CONJUNÇÕES
63

EPIFANIA
64

O HOMEM SEM SONHOS
65

SEXTA-FEIRA DA PAIXÃO
66

PRELÚDIO

A hora certa.
O ritmo do coração e o ponteiro
abraçando-se, para sempre, no instante do compasso.

Preparo-me em expectação
dispo-me das rotinas.
Sinto-a chegar
além do pulso e acima dos horizontes.

Ouço seus passos a comprimir-me
Numa antiexplosão estomacal
que amarga a boca.

Ela aparecerá.
A noite já está pálida de aurora!

Tic-tac...
soam os clarins
em semifusas estridentes
que vibram até extenuar
meu fraco coração de carne.

Abro a janela e
lá fora
o dia ainda não nasceu.

Vinícius França **13**

NAS ENTRANHAS DA FOME

Nesses dias em que o horizonte dissolve as nuvens,
não há margem para a dor.
Os famintos se perguntariam, se alguém os ouvissem,
se os vissem
detendo a marcha dos cadáveres,
o que farão de nós?
nós que temos fome?
nós que ansiamos por saciar o ventre?

Vê-se o abismo da indiferença
e o que depois antecipará o recheio das tripas,
valados, classificações, latas de lixo, justificativas,
a verborragia das palavras estéreis.

Das mulheres, cujas arestas da vida espetam o desejo e a fome,
vibram ondas circulares e mornas,
irradiando a necessidade de saciar a carne,
o arroz, o feijão e o sexo.

Quem delas presumisse olhos maus e semicerrados
os veriam movediços e inocentes,
censurando o apetite voraz
daqueles que jamais se saciam
na urgência pelo alimento que os escapa
mesmo ao passar pelo corpo.

Palavras de consoantes grafadas por ódio e saliva
são lançadas ao vento.
O amor nos inculca o silêncio,
um falar com os olhos,
os ouvidos afinados para as dores do mundo,
a doce luta travada nos corações,
a hesitação entre o silêncio e a palavra
transbordando olhos úmidos,
a vontade de ser terno,
de dar comida aos que têm fome.

Nas entranhas da fome
e apesar da aridez destes tempos,
o homem é fecundado,
uma semente gerada de dor e beleza
que se fixa sobre a determinação do animal
que dá suporte aos átomos.

O dia vai mal,
os cadáveres seguem em marcha,
as palavras se congestionam diante da neblina das incertezas,
abriremos uma picada com uma foice amolada
entre garranchos suspensos, iras, palavras e lama.

A PRESENÇA DA NOITE

Os cachorros, com as línguas de fora e os rabos abanando,
estão indiferentes ao céu nublado desta
sexta-feira sem expectativa.
Esperam em frente ao portão seu dono,
que não retornará
estão eufóricos, como se já o vissem virar a esquina.

A mulher vê as linhas rabiscadas pela
criança e pergunta ao marido:
Ele fez um desenho?
Talvez, responde o homem em tom de mistério.

Quando o ímpeto de eternidade os invade,
a morte é subjugada a contragosto.
Estaremos salvos da longa noite que o dia anuncia?

Levaremos lenha, isqueiro e um canivete,
faremos uma fogueira.
Os cachorros lá estarão para latir.

Há amor, ódio e um pouco de indiferença
nessa mistura macabra de lágrimas, gostos e cores,
que há por trás das cortinas.

É preciso cerrar os olhos
para ver o homem entre os cachorros,
rolando no chão
quando o dia já estiver azul
à espera de sua hora.

Hei de conciliar minha alma e meu corpo,
comungar da mesma alegria com os inimigos,
abraçando-os no traço
das penumbras da mercê.

Aguardo a lição que os cachorros me ensinarão.
No entanto, eles esperam aflitos pelo seu dono
enquanto eu também,
aflito,
espero.

VEREDITO

Tenho comigo o que não sei,
invento as águas, o barco, o farol,
para navegar sobre o mar de excrementos,
mastigar e digerir
a pobre rotina do pão.
Não sei o que virá.
Não me pergunte.
Quero apenas uma pele
que me cubra os ossos nesta noite fria.
Espremer os olhos
com a caneta na mão,
procurando um lampejo
e encontrar vagidos,
o som detestável da própria voz,
ou os restos da risada do menino
inventando alegrias,
pulando sem motivos:
a sua primeira masturbação.

Vou capinar as flores e as sombras
desse jardim,
depois, roer as unhas, arrependido,
tendo motivos suficientes para me detestar.

Não terei pena de mim,
a exata medida da impiedade,
lerei pausadamente o veredito,
chorarei meu pranto
e a um só tempo
sentirei o gozo da vingança.

Serei o réu, a vítima e o juiz,
como sempre fui.

MELODIA E DANÇA PARA UM DOMINGO DE PANDEMIA

O que fizeram do dia
estes homens soturnos
que incumbam em seus discursos
a morte dos sonhos
com a promessa de um sol
que eles mesmos ofuscam?

A pequena bailarina
segura com as mãos o par de sapatilhas
enquanto divisa o rubor do dia
que se agoniza nas
prescrições dos médicos,
das mães temerosas pela saúde de seus filhos,
dos homens de aparente fé
e suas alegrias inconvenientes.

Para que uma pessoa nasça,
é preciso uma boa dose de esperança e morte,
minha filha.
A vida é urgente e tenaz,
dela é feito o prenúncio eterno do fim,
as incertezas de todos os tempos.

Ela espera,
olhando os passarinhos
que ignoram a quarentena,
ululando morfemas
nos barrancos das veredas de águas rubras,
que escorrem estreitas entre as nuvens,
as pedras redondas,
os galhos suspensos,
os frutos da morte.

Vinícius França **19**

Há alguém que escreva,
com palavras e tinta,
um cântico para o funeral?
Há alguém que cante
em tom lúgubre
e retenha forças
para cavar o buraco,
degolar as flores
e conduzir os moribundos à eterna morada?

É preciso que retornemos ao ofício do nós,
ao ofício do outro,
ao ofício do eu.

As sapatilhas corroídas
e seus laços por fazer
são observados pela bailarina
como se conversassem.
Calce em nós os teus pezinhos,
dizem eles,
esta tristeza,
o teu peso e
os teus sonhos
e te faremos rodopiar,
sem música
e sem palco,
sobre o caos.

DETRÁS DAS TRINCHEIRAS

"Unge-me por que em mim um outro se prepara...
Unge-me a boca, a língua
Para dizer a palavra esquecida e atingir o ser."

(Iniciação do poeta, Hilda Hilst)

Os cães uivam
enquanto na noite do sonho
uma linha fina
risca o meio da linha
e transpõe os limites da página,
a nuvem translúcida
atravessada pela lua
e pelas escolhas
desta vida
vivida erro após erro.

Uivam decerto por sentir o cheiro doce
do sangue e do suor
daqueles que lutaram para viver
e alcançaram o descanso eterno da morte
exalando os fluidos doces e ferrosos
da vida animal.

As poças turquesas de sangue,
o barulho abafado das bombas rompendo o chão,
eu estremecendo de febre
como se também estivesse nas trincheiras,
como se existissem trincheiras
e a guerra não se desse no aberto
do campo de batalha do coração.

Vinícius França **21**

No momento em que as cordas do violão
são violentadas pelos dedos do rapaz,
abrindo-se em flancos vibratórios
num choro de melismas repetidos,
eu persigo a mim
nas entranhas mais absolutas da dissolução.
Quero entrever os ruídos da melodia
que risca o céu.

Uma legião de dragões ruge línguas de fogo,
do que, se despojada,
afugentará a tristeza,
o antídoto dela mesma.
A fragilidade bruta,
os riscos dos mísseis
cruzando o céu.

O amor é uma invenção burguesa,
o rapaz me disse
quando parou de tocar,
ao ver a lua riscada pelas nuvens e
e ouvir o som doce
da fome dos cães,
esganiçada pela crueza da noite.

O papel à minha frente
se insinua para que o fecunde,
o cio do branco,
clama por um destino lírico
a ser registrado em seu dorso,
a memória viva dos mortos
as cartas não lidas,
as sequer escritas...

Ele me convida a ser o seu deus,
o seu herói,
a passar os cabelos da donzela entre os dedos,
dar notícias daqueles que se foram;
um solene ponto final
no meio da lauda.

Dizer também da guerra
no coração do jovem soldado
suas mãos trêmulas,
seus olhos fechados ao apertar o gatilho,
o céu límpido do dia
que o batizou assassino.

A palavra que renova,
mortifica,
fere,
acalenta,
e que, escrita, perpetuará
como um fóssil,
como brilho de rubi,
nos tempos de aparente paz.

O NASCER DO DIA

Quando a noite parece não ter fim,
o galo quebra o silêncio e canta
entre os edifícios e as luzes artificiais da cidade.

No absoluto breu de sua existência animal,
o galo, sem saber,
anuncia o dia que virá,
antes que a manhã seja até mesmo verossímil.

Após a euforia das palmas,
quando o salão já está vazio,
há sempre quem chega,
com os olhos compridos,
à espera dos despojos do banquete,
salvando do lixo o que ainda tem valia:
um pedaço de pão,
uma fatia de carne,
um verso perdido.

Do que reservou a euforia dos convidados,
mata sua fome,
sem prato, sem talher, sem protocolo.
Usa apenas a memória de seus músculos,
com os quais mastiga e deglute
o que parece ser a escuridão,
a falta de esperança
a tristeza.

Pequenas flores de luz
surgem no firmamento
enquanto os famintos mastigam.
As galinhas chacoalham sobre os poleiros, incomodadas.

É quando a noite se cumpre,
na barriga do homem,
no grito do galo e,
então,
o dia nasce.

TERÇA-FEIRA DE CARNAVAL

Nesta noite de festa,
quando o mundo parece ser lavado,
já sabemos o que se prenuncia.
Apesar dos movimentos dos corpos,
celestes e humanos
e dos gritos,
tudo permanecerá como antes.

O rio que se faz e desfaz à nossa frente
é só uma ilusão,
o despojo da festa desaparecerá com ele pelos bueiros.

Tão grandes labaredas não subsistirão à Quarta-feira de Cinzas.
Não haverá o frenesi dos trovões,
nossos corpos estarão isolados e mudos.
A lâmpada deixada acesa
e a televisão que ficou ligada
falando sozinha
permanecerão no mesmo lugar.

Com os olhos fechados, davnçamos a
certeza de nossas fatuidades
sob o ritmo que se impõe,
confiantes em outra alegria anunciada aos nossos corações.
A música não exigirá dança.
O álcool não exigirá euforia.

O ETERNO COTIDIANO

Parecem ter forças as águas
carregadas pelo vento
a rebaterem incessantemente a indiferente astúcia das pedras,
o prédio, seus andares, o vento,
cada cápsula de luz que se acende com o poente
contra a escuridão da noite,
as que permanecem apagadas
e as vidas que nelas há
em estruturas de ferro,
concreto e
sangue.

Cada homem protegido em sua caixa,
a plenitude dos corpos contra o arbítrio do tempo,
o pó,
o esquecimento,
novas solidões,
e o mundo refeito
no eterno cotidiano.

O que nos afastará da luz?
a lâmpada elétrica?
o telescópio?
a lua refletida sobre o mar?

A eterna luta contra o escuro,
aquilo que é luz fora de nós.

Eu não te menti, meu amor,
quando respondi
contra a astúcia e o negrume dos teus olhos
à infalível pergunta.
A luz que nos acalentaria
e a força do que em nós vive
ao olhar na lâmina de lágrima
que envolve os teus olhos.

Vinícius França **27**

SANGRIA

Todos ficam eufóricos,
buscando um fio de consolo,
quando as ameaças obnubilam a vista
e as névoas da vergonha
rondam os homens.

Alguém bate o garfo no prato,
raspa a garganta
e olha para a luz,
em volta da qual os mosquitos voam.

Ser feliz?
Ser eterno?
Um plágio de sombras,
o corpo atravessado pela luz,
que também o iluminará,
a solidão de suas células e fibras
mergulhadas em sangue.

Será pelas veias deste coração
que devo compreender
as entrelinhas?

Há uma palavra a ser dita,
em busca dela, as línguas se esforçaram em vão,
há vírgulas, conjunções, verbos e verbos,
discursos dispensáveis.

Os homens riem altas gargalhadas,
olhando uns para os outros,
enquanto são retalhados por navalhas invisíveis,
sabendo que serão tomados pelo corpo,
mortos no corpo
e devolvidos ao corpo,
para fora e dentro dele...
e, então, renascidos.

REPULSA

Para o dia que se foi,
quando alinhamos as nossas órbitas,
a tristeza destas mãos indecisas
escreve o que você não compreenderá.

Tento não escrever,
para não parecer melancólico
e não piorar com palavras
esse dia já nublado,
o pendão a meio mastro.

A repulsa do que não quero dizer
me leva ao papel,
molda estes versos autofágicos.

São palavras que,
ao procurar seus olhos,
perderam o viço.

As flores degoladas
falam por mim
daqueles dias róseos,
quando o rio suspenso corria sobre nossas cabeças
e tudo era exagerado.

Os papéis pulam,
em bolas, na lixeira.

Não posso dizer que te amo.

RETRATOS DE RESISTÊNCIA

Morder o fruto amargo e não cuspir
Mas avisar aos outros quanto é amargo

Geir Campos

I.

A tarde de sol,
- uma das faces da longa noite
que paira sobre o ar -
oculta a nudez da mulher,
que estende as roupas
como quem colhe flores do deserto.

Sua tímida resistência
é confiar no ruim desse tempo,
nas nuvens da incerteza,
nesse sol que não ilumina,
para secar as roupas no varal.

II.

Todo enlevo com que a mulher de chapéu dança,
com gestos infantis,
suas saudades e seu futuro
passará.

Amanhã, conforme a previsão do tempo,
o dia será de chuvas e trovoadas.

Há que se compreender as vírgulas e os eteceteras,
os restos da sua feminilidade.

Apesar do mau tempo,
do seu corpo gordo e reumático,
continuará dançando as músicas bregas
para as quais seus ouvidos foram adestrados.

III.

São uns porcos!
disse a menina,
quando teve forças para falar.
Falou brutalmente,
sentindo na boca o amargo de sua bile cristã
enquanto eles riam,
dissipando fluidos, sons
e mariposas mal gestadas.

Os porcos distraídos,
de caras pintadas e rabinhos torcidos,
sobre os quais Jesus
lançou os espíritos imundos
que habitavam o louco,
contorcem-se agora expostos à luz.

Todos assistem assustados
à dança desengonçada deles
que se nominam legião.

Paredes de marfim parecem separar os homens dos porcos,
mas a menina sabe que a fronteira
é um fio de bruma
e são muitas as razões
que levam os homens a transpô-la,
daí seu vaticínio.

Ninguém expulsará deles o mal?
qual destino clamarão?
outros porcos?

Haverá misericórdia aos porcos,
por levarem sobre si a loucura dos homens
lançando seus corpos ao mar.
Restará misericórdia aos homens?

Nessas horas, o animal embrutece
o porco grita
e a ovelha chora calada diante da morte,
enquanto a menina repete
em soluços e lágrimas
a dura lição que a aparta dos bichos:
Amai-vos uns aos outros.

IV.

Canta o teu vazio
disseram as folhas verdes da planta ao poeta,
a tarde rubra logo passará
e se fará noite.

RESPLANDECER

Hoje é noite de lua azul,
afirmam no telejornal.
Lá fora, a vizinha grita:
Ana, já pra dentro!

Apesar dos ruídos,
estamos sozinhos neste mundo redondo.

Cumprimos em desonras o nosso fado,
ao nos gloriarmos no que não é empenho
e em seguir o traço milenar das inconstâncias.

Há muitos poemas por trás do grande espelho,
que dá à escuridão a memória prateada do dia.

A noite
incompleta
não é luz,
não é sombra.

DIAPASÃO

Os passarinhos cantam apenas
as canções que lhes foram dadas.
Não compõem uma nota sequer,
mas cada um canta,
pelas mesmas notas,
músicas diversas.

A música que entoam quando estão aflitos
é diferente da que executam sob os prenúncios da chuva,
apesar de terem sido feitas sobre a mesma partitura,
notas e compassos.

O barulho do pote, quando caiu da prateleira,
e o grito de alegria
que meu pai não deu
afinariam em dó sustenido.

Não fossem os esforços
do passarinho,
da chuva,
do pote
a música seria apenas o som.
A vocação dos seres e dos objetos para a melancolia.

REGRAS

Mamãe procurava motivos,
chorava triste e calma
olhando para as mãos sobre a mesa.
Nós jamais entenderíamos suas razões,
ela dizia.

De seus lados negros de puro carbono
e dos reflexos minguados da estrela
diziam seus olhos.
Sua condição anônima,
sempre na penumbra,
o desvão da porta entreaberta.

A maré subia lentamente
e alargava os limites da água,
atraída pela força das emoções.

O sentir em si a vida do outro
para depois,
depois da virada da lua,
sentir no outro a própria vida.

No fogão,
a panela de pressão zunia endoidecida
pela sua vez,
enquanto tentávamos consolá-la.

Vocês jamais entenderão os meus motivos,
ela repetia entre pequenos soluços,
tirando o feijão da panela,
jamais!

Vinícius França **35**

TÁTIL

Neste exato momento
em que nossas mãos entrelaçam,
não sei,
nem desconfio.
Talvez seja neste instante,
talvez tenha acontecido há mil anos.
Será apenas um subterfúgio para que o poema aconteça?

Naquele instante
quando nossos pés gesticulavam o primeiro passo,
tudo estava claro,
havia uma luz irradiando dos cantos.
Os semáforos dançavam sobre nossas cabeças,
num apagar e acender,
de onde as ordens fluíram
sem encontrar destino.

Você ri,
passa o cabelo entre os dedos,
e aponta para as flexões dos verbos
jogadas pelo caminho.

Anuncio estas coisas
enquanto suspeito que,
mesmo distantes
e fora das celas dos fatos,
nossos dedos se cruzarão.

A SENTINELA

Quando lhes servir o doce,
quero a chuva,
quero uma noite de verão,
trovões rabiscando o negrume do céu,
o movimento das folhas desvelando o vento e
os braços estendidos ao escuro.

Seguirei pela noite
sem dar olhos à escuridão,
sem dar ouvido às falsas rimas,
à debulha dos versos,
aos homens que contam matematicamente as sílabas poéticas
enquanto esperam a boa estação.

Pendentes no tempo,
as quimeras do meu amor camuflado,
equilibras sobre linhas
que insistem em seguir teus pés,
tu que tens a lira do meu peito
aos teus desapetites.

A palavra de apoio,
a mão sobre o ombro,
a risada amiga,
essa salmoura insípida,
mas que suspende a arbitrária duração das coisas.

Com muito esforço, te entendo,
como entenderia as evidências.
As nuvens se fariam de toda forma
quando estivessem preparadas para a chuva
nas inércias do ponteiro:
a estação.

Vinícius França **37**

Os dedos apenas se escusam sobre o teclado
materializando o poema
que já estivera pronto há milênios,
antes mesmo que inventassem as letras,
antes que levastes a colher à boca
antes que pudesses distinguir o doce do doce.

ENTREVER

Sou tão vulnerável ao teu olhar,
esse par de olhos impiedosos
que me inspeciona pelas retinas,
as arestas mais ocultas,
sem pedir licença,
em tudo o que se vê quando as janelas estão abertas,
essa fonte d'água que rebenta num solo arenoso.

Tuas pupilas me desnudam,
quando me olhas para além dos sentidos
sem acordos prévios,
simulações daquilo que não sei,
mas que acontece,
tão intenso e sem ritmo,
além do que se vê.

Não há como te olhar nos olhos
e não te dizer tudo com os lábios de quem disfarça
o que me atinge
em completa revelia.

DECLARAÇÃO DE CULPA

I.

Não espere de mim bons versos, meu amor.
Minhas tripas estão cheias de fezes.
É com elas que escrevo.
Como dizia meu avô,
quando o pau é torto
até a cinza é torta
e ria ao falar do abstrato,
e nunca de nós.

O sol, o rio de águas claras,
as crianças dançando,
um meio riso,
rasgam os fios de silêncio,
que insistem em ficar.

Há um quê de alegre
quando tropeço,
caem as folhas da árvore torta,
de outro ar,
talvez feliz.

A esmo é que se anda.
Os semáforos, as placas, as faixas,
não indicam nenhum lugar,
chamado alguém,
pra quando chegar não saber o que fazer
e ficar em silêncio,
rindo.

II.

São atrasos o que me diz.
Nunca entendo direito,
Fico contemplando os gestos vagarosos das tuas mãos,
o lampejo dos olhos, fugindo dos meus,
a risada escondendo os dentes,
enquanto você fala,
sem nada me dizer.

Deficiências minhas,
disfunções do senso
que escora na intuição as limitações do entender.

As palavras ficam soando sozinhas
e se desfazem em sons de muitas letras
que nada significam
fo.gue.te
a.mor
tris.te.za

As palavras são traiçoeiras,
velam o discurso.

O que me dissestes
era para meu afago
ou pretendias me destruir?

Nunca sei com minha razão,
meu ego é quem me diz,
eu que sou feito de carne, ossos e desilusões,
mas arroto grandes pretensões.

DOÇURAS

Estou enfadado das tuas doçuras,
os vocativos carinhosos ao final da frase,
teu quase-riso de cabeça inclinada
tua demasiada educação.

As palavras afáveis,
o discurso dito em sussurros,
água rota de versos rimados
que me declamas nas promessas de amor eterno,
afirmações de que sou um homem de sorte.

O mar já foi doce,
até que vieram águas caminhantes
e seus invisíveis sedimentos
deixados pelos vapores,
que subiam impermistos ao céu.

Foi quando disseram que o mar era apenas a reunião das águas,
de onde nasceram as tempestades,
e as sereias assassinas,
com seus belos cânticos,
passaram a matar os pescadores.

Há sempre o desgosto
do que fica impregnado na língua,
é desnecessário cuspir ou tapar os ouvidos.
O som ecoa dentro dos ossos
mesmo quando é silêncio lá fora.

Não há o que sacie a sede
se nos despropósitos
depositas em mim as nódoas do que trouxestes pelo caminho,
do que não é teu.

REPOUSO

Repousa em mim agora
como uma tatuagem sobre a carne,
as tuas mãos franzinas,
tão solícitas ao destino
inscrito no verso das funcionalidades
que se escondem dentro do bolso,
e os teus olhos duros
que me exibem a minha própria imagem
desfragmentada por intersecções de linhas invisíveis.
O que desejo é um novo corpo,
esse que há por trás das lentes dos teus óculos
e dos poros da aceitação,
quando passo com o dedo
para a próxima foto.
Por onde pulso
um ritmo involuntário
e reputo estar vivo.

Repousa em mim agora
um sonho vagaroso
de uma viagem sem fim,
em um automóvel de luz
trafegando pelas imensas avenidas da nossa pátria,
apenas andando
pelos caminhos da noite,
por onde iremos
ao encontro do destino,
que nossas mãos,
constrangidas,
nos ocultou.

ANUNCIAÇÃO

Sob as insígnias das estrelas,
nós cantaremos quando a luz for pouca,
entoaremos sem palavras,
uma música sem ritmo.

Comeremos as maçãs,
não apenas suas células e fibras,
também a fruta que há dentro dela.

Dançaremos, quando dos sulcos,
pela boca,
escorrer seu suco doce,
lambendo nossos corpos nus.

AOS OUVIDOS DESATENTOS

Temo o que se revelará quando abrir a porta,
por onde as louças poderão até discursar,
mesmo com as bocas viradas para baixo.

Temo, pois, mesmo nesta tarde bonita,
com montanhas de areia resplandecentes
há, grito, riso e dor,
para que a beleza mostre suas muitas faces
aos felizes e aos desesperados,
como o lago manso detrás do monte,
que agasalhou brutalmente o jovenzinho
e o reteve consigo o quanto pode,
até que chegassem os bombeiros,
com suas máscaras e mãos muito eficazes:
a beleza mansa da dor.

Temo o que se revelará,
seja o roteiro ou o improviso.
É sempre possível que um bom ator
entone a voz e, sorrateiramente,
modifique o que estava escrito
sem alterar nem uma vírgula sequer,
e demônios audaciosos assolem as casas ao meio-dia,
quando apenas a razão deveria ter vez.

Temo o que se revelará quando abrir a porta,
por saber que há minas espalhadas pelo caminho,
escondidas sob os frágeis grãos de areia,
que poderão ser da praia,
ou do deserto.

Vinícius França **45**

ESPORO

Não reconheci Cecília,
ela também não me reconheceu.
Não era ela que olhava para mim,
eram apenas seus olhos serenados de lágrimas.
Um punhado de cânceres no estômago.
O médico nem perdera tempo contando.
Costurou, resignado, a barriga.
O corpo já está enraizado de morte, sentenciou.
Por que, Senhor,
estes olhos cinzas?

Então entrei no santuário,
O véu do templo estava rasgado de cima a baixo.
Do meio do salão, a semente,
sepultada,
fora da casca,
rebentava o torrão de terra,
já flor.

GENEALOGIA POÉTICA

I.

Queria um dia fazer poesia como meu avô
Encostado na cerca, suado da lida,
Olhava para o enorme chapadão de areia reluzido pelo ocaso.

O pito de palha aceso.
Dava profundas baforadas
em direção ao céu acobreado.

Olhava, por horas, para a fumaça
enrolando-se como rosas,
antes de efluir no ar.

Queria um dia fazer poesia como meu avô,
que se dissolvessem em fumaças,
sem palavras,
no ar.

II.

Com o convés cheio, carrego-me.
Sigo mar adentro,
na exata direção do ponteiro da bússola.

Tento escrever algo poético,
desse sentimento que aperta e faz perder o ar.
As ondas então encrespam,
lambem violentamente a proa do barco,
ao tentar nos engolir.

Vinícius França **47**

Escolho, em muitos cuidados, palavras conspícuas,
na busca da excelência do verbo,
esse apaziguador de tempestades.

Poema pronto, dou-o ao meu avô para que o leia.
Essa palavra é tão engraçada,
ele me diz, apontando com o dedo para o papel.
Repete-a inúmeras vezes entre gargalhadas,
como se a despisse,
expondo nossas vergonhas.

Meu ridículo é enorme, confesso,
em expressar esse simples sentir que me assola.
Sorrio, envergonhado.

O pavão, meu filho, já é bonito demais,
adverte meu avô, sem usar gestos, nem mudar o tom da voz.
Deus não precisa de nós para enfeitar o mundo,
arremata
entre suas constantes tosses de fumante.

Naquele instante de pura excelência
um pavão,
sem forma,
sem cores,
abre seu leque à minha frente.

Desde então,
não preciso de bússola para seguir viagem.

III.

Qual o nome daquela palavra bonita, meu filho?
Indagou-me certa vez meu avô.
Franzia a testa, apertava os olhos,
tentando verbalizá-la.
Não, não, não é essa,
ele me respondia, sussurrando,
enquanto eu tentava adivinhá-la.
O nome dela começa simples e no final abre num som bonito,
explicava, com gestos, meu avô.

Naquele dia, ele passou horas tentando
lembrar o nome da palavra.

Anos depois, no hospital,
em agonia e êxtase,
ele fazia os mesmos acenos daquele dia,
mexia os lábios, balançava os braços,
seu fraco pulmão já não conseguia pronunciar som.

É o nome da palavra?
perguntei-lhe.
Sim, ele me dizia, ao balançar a cabeça e mexer a boca.
Apertou minhas mãos
e, com os olhos marejados,
olhou para mim por alguns instantes.

Naquele momento,
despida dos fonemas e dos alfabetos
estava a palavra vibrante,
nua e
inominada,
diante de nós.

Vinícius França **49**

OS MORTOS

Os homens riem em volta da mesa,
expõem entusiasmados suas toscas conclusões,
mudam as órbitas do mundo
com suas muitas beneficências,
propõem extinguir o miado do gato,
do cachorro molhado, o cheiro forte,
o jeito fanho e choroso da fala da mulher.
Eles não sabem,
mas estão todos mortos.

Lá fora, um destino invisível se fez.
A formiga, ao atravessar a rua com pressa,
para anunciar às companheiras o torrão
de açúcar que encontrou,
foi atropelada pelo automóvel
do homem também apressado.

A noite velará o luto
daquelas que aguardam seu retorno
e a alegria da boa notícia não dada,
esmagada no chão entre as vísceras.

O amarelo que irradia da luz do poste
iluminando os mortos
é fúnebre e alegre,
anuncia as mortes
e o frenesi do que
pode também
ser doce,
sendo amargo.

INTERTEXTO

Às palavras, que riem de mim,
a luz do computador me leva.
Diz de frutos maduros não colhidos,
e outros germinais,
de um menino que fixa por horas o horizonte,
à espera da flor que não precipita.

O réu chora ao ouvir o veredito,
e olha para a palma de suas mãos,
lembrando a si mesmo
a sua condição humana.
Os perturbados dançam
como insetos
em volta da quase-luz,
enquanto a mulher,
de quem não se sabe o nome,
leva as crianças consigo,
ao destino que nem ela conhece.

Todos querem falar,
mas ressoam apenas gemidos,
que procuram verter alguma graça.

Serão apenas interrogações pretensiosas
travestidas de certezas?
Tantas palavras
e não há ao menos uma janela,
que ventile esse quarto escuro?
Os velhos desenhos de muitas letras
dariam norte ao navegante?

Costuram-se imagens em coesões e lógicas,
mas as palavras não dançam ao ritmo da poesia,
são apenas códigos suturados em retalhos,
produzidas pela mente de um estranho,
que assina com meu nome.

LAIVOS

Sinto saudades de todos
mas estou muito longe
para retornar.
Em tudo que toco, vejo,
ou para o que apenas aponto o dedo
ficam impregnadas minhas digitais.
Foram os meus olhos que poluíram a tarde
do dia 24 de outubro de 2018.

As nuvens densas que cobriram o céu
e os gritos das cigarras por toda parte
foram gerados em mim.
Em todos os lugares do mundo,
a tarde esteve nublada.

Só de pensar em você basta para que fiquem
cravadas as minhas nódoas,
e eu não te reconheça
e repulse o que em mim também te repulsa,
como este envelope e suas letras ocultas,
que hesito em abrir.

Até os objetos me evitaram,
os copos e os talheres caindo no chão,
as folhas levadas pelo vento.
A tarde se foi mais cedo
por minha causa.

Um conhecido cruzou por mim no caminho,
sorriu, balançou a cabeça,
mas não me reconheceu.

Sou apenas um homem sem rosto,
que procurava ansiosamente
uma torneira para lavar as mãos.

LEGADO

Há consolo ao velho, ao jovem,
ao homem que arranca o mato,
ao que semeia,
certos de que, fora de seus engenhos,
rebentará a semente,
no chão de cinzas,
as possibilidades dos novos tempos.

A mulher chacoalha o menino dentro de si
e grita seus disparates
pelas praças do mundo.
Ensinar as gentes a mastigar, engolir e
andar pra frente,
sentindo no outro
o gozo de sua carne.

De qualquer canto do tempo,
que se olha das janelas dessa máquina,
há um homem
com as mãos na testa
e pernas cruzadas.

É um pareci?
um alemão?
um chinês?

Esse mesmo céu, que você vê agora, Cecília,
debruçado sobre os condenados,
é a garantia de que outros virão,
capinarão o mato,
colherão as flores,
escreverão este mesmo poema,
com outras palavras,
afastando, num outro mundo,
menos redondo que este,
os frios de suas incessantes mortes.

Vinícius França **53**

MORRARIA

As serras esforçam-se em tolherem os horizontes
ao libertarem a vista dos olhos.
De onde não se vê a continuidade das coisas
emergem os sonhos:
das vacas, mascando filosoficamente,
do bezerrinho de pernas bambas,
insistindo em subir a ladeira,
da mulher que corta o queijo em fatias.
Por elas, as águas rolam desesperadas entre as pedras,
Tornam-se brancas em cachoeiras.
É lá de cima que Deus nos fala o ininteligível -
do Sinai, do monte *Moriah*, da Serra da Canastra -
escreve pelas mãos dos homens suas promessas:
haverá um caminho plano,
a cama será macia,
a comida farta brotará do chão.
Estamos em Minas Gerais,
o relógio anuncia a terceira hora da tarde.
O sol já se escondeu detrás da montanha,
mas ainda é dia.

O RETORNO

No momento em que ela chegou aos termos de sua memória,
forças esquisitas revolviam o ar e os sobrepostos,
abrindo fendas na superfície do previsível,
e a chuva grossa ameaçava em relâmpagos e trovões,
sem adulação.
Quando desceu do carro,
fincou brutalmente os pés, os desejos
e as ramas de mandioca trazidas de longe
nesta sua terra de cor roxa,
a despeito da muita ingratidão que encontrou no afora.

O outro dia esteve nublado
ignorando a euforia de sua presença retirante,
mas ela continuou falando das claridades dos sonhos e
das lembranças doces,
um pouquinho amargas ao final.

No dia em que fez sol, quando da sua despedida,
ela esteve frente a frente com pretéritos
e chorou muito sobre o túmulo da velha bêbada,
que havia morrido naquele exato lugar.
Rira um pouco
ao lembrar-se do vestido de noiva e do
véu com que fora enterrada.
A espera eterna pelo noivo.

Onde está Seu Oparício?
o Chico Bolacha?
a Dona Escolástica?

Morreu,
morreu,
morreu!

Vinícius França **55**

Quando partiu,
um pouco cansada dos defuntos,
olhou para trás,
viu lances de pequenas begônias brotando nos mourões.
Mais à frente,
pelo vidro do carro,
entravam as luzes de uma manhã clara.
O sol estava temperado.
Da mata, subia uma neblina fumegante,
as ebulições
de que ela falaria a vida toda.

OBITUÁRIO DO RINOCERONTE

Há muitas luzes de automóveis e *outdoors*
refletidas sobre a água da chuva.
O dia já partiu, e os rebentos de carbono brotam por toda parte.
O homem, por mais que queira,
já não consegue sofrer as dores que seu peito quer lhe dar.
O barulho dos carros é ensurdecedor,
as árvores são chacoalhadas pelo vento,
os desenhos nas paredes nada concretizam
nem velam as sementes incubadas,
exalam apenas a loucura das mãos que os geraram.

Por que Deus não se dirige mais a ele
apenas com palavras?

O homem já sabe que será entregue à sua miserável companhia,
ninguém lhe dará presença.
Todos estão ocupados.
Há prazos preclusivos a cumprir,
as fotografias esperam a moldura do instante.
Seu caminho será só
por essa imensa avenida e seus túneis sem luz.

Ele não caminha,
apenas leva um pé à frente do outro.

OFÍCIO

Das pontas da montanha,
vejo a fumaça subindo entre as árvores,
a paleta de cores no céu,
as portas da ventura estão entreabertas.

São cinco horas da manhã
de uma noite de insônia.
Há apenas um passo
em direção às criptas do que subjaz
no movimento da caneta sobre o papel.

Dirás do sofrimento das pedras
que fazem, em silêncio, a arrogante montanha
e apoiam os pés do poeta na escalada.

Anotarás as coordenadas que o sonho te indica,
as linhas do itinerário desconhecido,
que participará apenas com palavras e silêncios.

Virão, então, a dor no peito,
as mãos trêmulas,
as palavras...

Depois de ler o poema
a menina fechará os olhos,
suspirará profundamente um outro amor.
Não a ti, mas ao que anuncia
as ilusões de sua alma fêmea,
o moço bonito, que não és tu.

Não há motivos para chorar.
Comas pão,
podes até beber um gole de vinho.
Cuides da tua saúde,
os poemas anseiam por virem ao mundo.

ORAÇÃO GADAMERIANA

Como em ti,
ó Inominável,
imensa realidade que nos constitui,
não há verbo que nos torne prisioneiro,
jamais te compreenderemos,
absoluto rio sem leitos,
que neste veio de vida
sacia-nos os silêncios do sentir.

ORFANDADE

O que me assoma
é essa perplexa ausência,
a falta que sinto de quem também me gerou
sem que me tivesse consigo nas vísceras:
a orientação clara e objetiva do ponto cardeal.

O fulgor dos seus olhos olhando para mim, descalço,
querendo pisar em espinhos
apenas para chamar atenção
e o silêncio com que me dizes:
Calce logo o chinelo, menino!

O que me assoma
é o amor que me dedicas,
as palavras antecipadas em mim
sem o som da tua voz.

Olho para o prato na mesa esfriando,
tu olhas sorrindo para mim
um aparente riso de torpor.
Já sei o discurso,
mas queria ouvi-lo agora em palavras.

Estou com muita fome,
mas sem coragem para comer.

PASSAGEM

poema duplamente inspirado na poesia de Adélia Prado

Quando a criança,
sem paciência para esperar a sobremesa,
abriu o ovo de chocolate e nada encontrou lá dentro,
de onde esperava a cartola e o coelho,
as decepções da criança e dos adultos se cruzaram
e todos ficaram muito constrangidos.

Nesse instante,
a mulher que servia aos convidados o cordeiro assado,
de súbito, exclamou:
Rabi, Raboni?!
sobrepondo as mãos na boca.

Ninguém a ouviu,
ela, confiante na habilidade de lavar a criança
e a embrulhar nos braços,
tentava conter
na ânsia de seu louco amor
o rio da vida.

Maria, não me detenhas.
Disse a voz que lhe sorria, meneando a cabeça.

Ninguém, senão ela,
via a luz de uma luz,
o som agudo dos trompetes
rasgando as janelas.

Era uma tarde de domingo,
em volta da mesa os homens conversavam,
as mulheres riam gentilmente umas para as outras,
enquanto a criança chorava o amargo de sua pequena decepção.
Era inútil que ela anunciasse aos demais.

Maria, não me detenhas.
A voz lhe repetia
com gravidades de amor.

Mastigou a carne do cordeiro,
deu aos convidados apenas seu corpo,
exceto seus olhos,
a anos-luz daquela sala.

De algum lugar
que ela não via
a voz lhe repetia,
agora um tanto enérgica,
Maria, não me detenhas!

REBENTO

A ti, ó terra,
que nos frutos,
nas sementes
e nas flores,
explodes em outros seres
as vidas reprimidas que existem em ti,
que um dia haveremos de retornar,
compressos,
ao estado germinal do que,
nos teus caminhos,
encontrou vazão.

NOITE DE DOMINGO

Na noite de domingo
tudo se pôs
na expectativa da festa.

Não há mais música
nem sequer do grilo,
que já não canta,
antes grita,
desfia sua angústia,
esfregando as partes de seu corpo desalmado,
a pura carne.

Do outro lado da cidade, o rapaz,
ainda no limiar das possibilidades,
decidiu que não é melhor viver.
Sem cerimônias,
pôs fim às suas dores,
ao bloquear a pequena rede
que lhe sustentava.
Recolheu a bandeira
amarrando-a racionalmente
em gestos decididos
com uma corda grossa.

Os homens, tristes, choram,
pensam no que está na iminência de não acontecer
sem prelúdio e nem close nos olhos,
os anúncios do infalível incerto.

Todos estão cansados
das barganhas do talvez,
procuram a explosão dessa coisa
livre, sem nome e fluida.

64 Prelúdio

CONJUNÇÕES

As palavras rabiscadas no papel
como o amarelo do sol sobre a água azulada,
mas são três horas da tarde de um domingo.

Se a tristeza não se anunciasse
batendo na porta
não saberia que da vida
pouco atravessa as peneiras da desilusão.

Você está cego!
Alguém dirá, empolgado pela beleza do dia,
mas mora em mim,
de um jeito pulsante,
aquilo que não vejo,
que não sinto,
que não como.

O som do clarim é invisível.
Ele próprio não se deixa ver,
enganando os sentidos.

A borra do café no coador,
o estômago amargo
e a risada ansiosa
de quem tenta resistir aos impulsos,
como se fosse possível destoar as águas do risco no papel.

Bom seria se a vida dançasse a ciranda das conjecturas,
mas há que se cumprir outras coragens,
de uma felicidade desengajada,
que não caminha,
antes galopa nas costas da tristeza.

Do que repulsa,
do que adoça,
do que cala
em beleza.

Vinícius França **65**

EPIFANIA

Havia muito silêncio.
Os tempos eram de solidão
e caminhos planos,
anuviando-se no sem-fim.

Cada um, passo a passo,
carregava-se,
pesadamente,
ao desconhecido.

O poeta, entre muitas pedras,
subia a ladeira
à procura de uma poesia possível
em meio aos coágulos dos sentidos.

Quando foi encontrado,
já liberto de si,
estava escrito no muro,
com letras de epifania,
seu único poema.

A MORTE NÃO EXISTE

O HOMEM SEM SONHOS

Cheguei à tua alma, homem sem sonhos,
das tuas luzes, nos poros, cintila uma flecha de vida,
o enclausuramento que pouco te permite respirar
e que nas noites não te transpõe às experiências da morte,
reiterando a imagem branca de pequenos riscos.
Lá as crianças não gritam
e não se diz nada além de obviedades.

Cheguei à tua alma incauta,
homem sem sonhos,
para te ver além da matéria que te faz gente
e com a qual mastigas o tempo
na sombra do que perdura
em espectros de vida.

As grandes pedras que poderias transpor
com as quais relutas, olhando para elas,
à procura do que em ti apenas lampeja
observam-te também desejosas da tua presença,
enquanto esquadrinhas no rio profundo
de superfície prateada
um outro que te desconhece,
mas que está na flor da tua pele
e que respira pelo mesmo pulmão,
homem sem sonhos.

A vida passou em um segundo,
talvez não tenhas nem mesmo existido,
diziam alguns quando te viram sorrir contrito
e quando confessavas, irresoluto, que jamais sonhastes,
nesse dia de sol gigante
que te faz enxergar demasiadamente os detalhes do mundo
com fulminante claridade.

Vinícius França **67**

SEXTA-FEIRA DA PAIXÃO

É fabulosa a frincha de luz em que te avisto,
oh, Senhor meu,
é dádiva cega também,
um diamante perdido nas areias da desilusão.

É do ritmo da chuva
o compasso para o canto;
o arco do violino corre pela corda mi,
mas é o Teu nome que ela bendiz
quando brame na agonia do esforço
o pecado que me sustém em constranger a corda na arcada
e vibrar a minha alma com ela
nesta sexta-feira sem adornos,
enquanto um corpo exposto
que dizem Teu
transita pelo Instagram.

Como o boi de carga,
subo a ladeira de joelhos
com a cangalha nas costas,
levando os ossos, o couro,
o aboio dos meus versos,
um andado frouxo.
Vou regurgitando os pecados
como quem masca chicletes,
apoiando na alegria de pecar
a tristeza da prece
e este mi bemol.

Não mentirei
a quem me sonda a medula
e contabiliza os poucos fios desta cabeça,
sabendo de mim
os subterfúgios das sombras
feitas de escuridão e tristeza,
dizendo que não me toma a volúpia do pecado
e a morna alegria de ter os Teus olhos sobre mim
mesmo quando tomo os meus caminhos.

Sonda-me,
rogo como o salmista pecador
na esperança de ser salvo,
sonda-me o profundo da minha íris,
a rebelião contra os mandamentos,
sonda-me o desejo de te adorar
e esta santa piedade
com que me constranges ao papel.

editoraletramento editoraletramento.com.br
editoraletramento company/grupoeditorialletramento
grupoletramento contato@editoraletramento.com.br

casadodireito.com casadodireitoed casadodireito

Grupo
Editorial
LETRAMENTO